风遗落的谦卑

张敏华 著

作家出版社

2021年嘉兴市文化精品重点扶持项目

目录

序

谦卑的怀疑者

耿占春

　　诗歌写作来到了这样一个时刻：信仰变成了一种唯名论的概念，一种无所指向的心态，而哲学概念已模糊不清，它的内容逐渐被学科分类不断地切割出去；此时此刻，唯有诗歌承继了人们心智生活中那些不确定的信念关切，或同样不坚定的怀疑论，变成了一种有无之间的哲思。它们——宗教、哲学——的真理性内涵被转移至诗歌写作之中，诗成为不可言、不可思之物的保留区。这是一种当哲学变成诗歌的时刻，现代诗的真理性内涵就蕴藉于此。张敏华的诗也是在这样的语境中拥有了一种认识论的价值。

诗人就是这样一种《怀疑者》，但比起哲学的怀疑论，诗人的怀疑不是发生在抽象的论域，而是呈现在纯粹的经验世界里，他意识到——

> 生在因果之间，活在疑虑之中，
> 似乎看到了真相——
> 夜晚降临，远光灯撕开黑暗，
> 夜色安顿了尘世与法相。
>
> 茫然四顾，不安，胆怯，焦虑，
> 失手打碎星空，心生悲凉，
> 生死无常，继续寻找
> 活着的理由。

这首《怀疑者》几乎呈现了现代社会里"哲学式"的个人及其生活状态：一边是因果，一边是疑虑；一边是尘世，一边是法相。诗人的疑虑本身或许就指向"因果"，而对"真相"的认知也是非确定性的，这是现代认知的典型特征，"似乎"以及"犹如"这一修辞被普遍地适用于与真理概念共同出现的场所。看见、认知的条件也处在两可之间，光与暗即可见与不可见也不再是对立的，因为，在诗人看来，正是"夜色安顿了尘世与法相"。在此之前，诗人意识到业已发生而无可改变的宗教或哲学事件，那就是"失手打碎星空"，诗人似乎也参与了这一世俗化的壮举，然而现在，他必须接受一项困难的职责，继续寻找失落的事物，以便为生活寻找依据。

此刻，这就是他看到的世界表象："灰蒙蒙的天空，大地冥茫"，它是我们熟悉的世界表象，也是内心图景的投射。张敏华诗中经常出现的引号似乎意味着一种源于他人的声音或内心另一种声音的戏剧化："心情落空，抛下苍凉。"或"风雪蕴藉于归途。"（《一月》）；"河水冷得刺骨。'恐怖白得像纱布。'"（《二月》）；我们不要忘了，他在描述着的事物是"尘世"也是"法相"，是物性自身也是感知的意识，他以《我们》的口吻写道：

> 鸟巢被卡在树枝上，我们
> 望着河对岸的苇草——
> "世界始于我们的意识，
> 向着低垂的天穹。"

引语中的话是古典哲学留给我们的思想遗产，似乎诗人依然保持着某种古老的信心，主观性依然是存在的基石。但他又领悟到自我意识的危机，"一个一个的我不见了踪影——/ 一个又一个，悄悄 / 返回人间"。离去和返回的是又不是同一个主体。尽管诗人在某些片刻内心重温着古典思想的慰藉，有着"内观而自得，池塘睡莲开"或"心无挂碍"(《自得》)的时刻，但这种慰藉并非总是有效的。

沉默自得的时刻在彰显无言而独运的宇宙自然之际，同时彰显出某种非人化的力量，《风，沉默》一诗将风与宇宙论的力量对等，"风试图用它的嘶哑声音 / 抹去人间的沉默"，风一直吹拂在诗人的诗歌空间，吹拂于他的修辞风格之中，风是更高的沉默和否定，风是虚无化的象征，在人感到"错愕的那一瞬，沉默是 / 唯一的声音"。

张敏华经常写到具有隐喻意义的风，它是一种现象，又是"法相"，即一种不确定的或怀疑论的观念，一种抹去一切的力量，对张敏华而言，风是一种弥漫的虚无气息，犹如《博物馆》弥漫着"人类的另一种气息"。他质询道："谁敢在博物馆待上一晚？"如今作为文物的《费家大院》亦如一座记忆的博物馆：它最初是富商家族居所，随后是日本宪兵司令部，之后是军管所、派出所、居委会、幼儿园，闲置多年后是"文艺之家"。风的气息流贯在世事变迁之中，家族与祖屋亦如《悲悯》一诗里所书写的脆弱器皿，"风在破碎的 / 碗里，经历 / 因果"，二者如出一辙，唯有"风为这只 / 碗，超度"。风意味着变化不定的命运，也是风化的象征，风化可以让《石头》变为沙粒，而悲哀的是，"沙子的命运，就是渐渐地忘记／自己是一块／石头"。

时间感知的具体化是一种世事变迁感，它让一切事物都《离我更远了一些》，这就是弥漫在张敏华诗中的那种与世界的疏离感，如《五月》一诗所说，"我想起父亲，／寂静在堆积，凝结，／变沉……"。命运的推手有时是自然之力，有时又是时势之力，有如《他，一个不存在的人》《是他，又不是他》等诗篇描述的那种荒谬的生存感受。诗人如此《独白》——

保持沉默，风在替我说话——
"但我越来越惧怕风。"

麻雀濒死在网扣上，我低头
俯身，愿望达到极限。

灯被打碎，我听见
被捕获的蟋蟀仍在失明地吟唱。

归来的人，全是对自己的托词，
我，已不再是我。

"——从哪里来，到哪里去？"
此刻是我离去的时候。

诗人的"独白"似乎是对"我们"的疑虑的一

种回应，但又无奈地陷入沉默和否定性。在张敏华的诗中，不仅星空被失手打碎，尘世间的"灯""陶罐""碗"等生活器具亦往往以破碎状态出现，甚至是石头亦被风化为沙粒，"风"或风化的物性特质溶解了一切坚固之物。风似乎是无始无终的时间化身。在时间的"流逝"或吹拂中，归来或返回都是一种遁词，我已经是非我，是一个个"我"的幻影。在另一首《独白》中，诗人说：

> 也许这个世界，只缺少一句话，
> "对灵魂仍然一无所知。"

不难发现，独白和引语构成了张敏华诗歌中经常出现的具有对话关系的修辞结构，在上述这个引语里，观念史上的争论又被暂时搁置起来：对灵魂的无知并非彻底的否定，承认"对灵魂仍然一无所知"实际上已经抵达了隐秘"愿望的极限"。

诗人的沉思有如史学家，时常伴随着一种回忆的目光，在他感慨衰老的时刻，他在一系列诗篇中回忆起与藏区有关的亡故的父亲，他回顾起"那么多的人似曾相识"，在往日生活的各种际遇与场景中，"如果还能让我想起谁，在我感到 / 无处可去的时候，往回走——/ 时间承受我与自己最终的 / 相遇"，但诗人感慨说，"这么多的人不知去向"，包括生活记忆的承担者自身（《最后》）。回忆具有与返回、回归相似的意义指向，即创建时间的可逆性，但时间的可逆性唯有在回忆中才是瞬间的真理。诗人经常意识到一种不可逆的流逝，一种非我或非人化的力量，这种虚无的力量有时是宇宙元素论的"风"，有时则被称之为具有风化作用的《它》：

> 石头碎成沙子，眼泪代替记忆，
> 它想知道是否
> 到了时候，失踪者是谁？

"它"是虚无，又是永恒的未完成，却旨在摧毁一切，生死的悖论是"意识的滑落"状态所无从理解的。《宿命》一诗以一句引语处理这一命题，或许暗示着它是一种没有原始出处的哲学遗产："死是注定的东西。"在宿命论感受中，诗人的歌吟时常近乎《哀鸣》："生而为鸟，鸟仍在哀鸣。"

在宗教与哲学之后，在信仰与理性的现代分野之后，诗歌继续咨询着存在、感知和人类意识的功能。但诗人仍然愿意给人的自由意志留下余地，就像诗歌给语义留下自由，他说，"绝望是因为／它还活着"。

疫情显然加剧了虚无与荒谬感，近年来张敏华有不少处理疫情境遇的诗篇，但仍然属于他固有的生死之辩主题。席卷全球的疫情似乎让这一视域推向了具有神学意味的末世论背景，《窗外》的世界恍如——

> 恐慌之城，梦幻中沉迷的居所，
> 一次冗长的失眠。
> 黑色幽灵，沾着星光的裙裾，
> 精湛舞姿让魔鬼附身。

　　诗人敏感地意识到，生死之辩正在成为一种普遍的无意识状态，并寻求着潜在的慰藉。"昨夜今晨，无数惊恐的目光，/从怀疑中寻找神谕。"对诗人而言，他永远不会把怀疑推向极端的虚无态度，他让人们再次瞩目于尘世与法相的同时显现："悲悯降生，忍住热泪，/一轮新月哺育。"在线性时间的无情流逝中，"一轮新月"和"哺育"这样的修辞隐含着悲悯、新生和非时间性的"永恒轮回"。
　　在诗人看来，生与死的辩证法亦显现在某种古老的节气智慧中，这是《清明》时节带给诗人的慧悟：

> 世界：从一个到另一个，
> 如果缺席这一天，这世界变得
> 混沌。
>
> 这一天，和梨花油菜花一起
> 分享明亮的丛生。

这一天，像流逝的时光，
　　又一次回来。

　　在生与死的国度，那么多缭乱的
　　烟火，抓住了长眠者
　　寂寞的衣袖。

　　就像新月意味着开端依然存在，春日复苏的植物也"分享明亮的<u>丛生</u>"，人类社会的节日——伴随着表达特殊愿望的符号即这里"缭乱的烟火"——也带来了时间的可逆性，"像流逝的时光，又一次回来"。节日创造了时间，也创造了终结与开端，创建了生与死的连接，即创造了个体生命无力实践的"复归"与"返回"。

　　诗歌总能在新的、偶然的语境中重现古老的智慧。感知到个体生命之外存在着"复归"与"返回"，《时间》带来的不再只是流逝与虚空，而是重临的体验：

　　多好的安慰，我知道它
　　会到来，像光一样
　　照耀。

　　然后它暗淡了，一个世界的
　　孤独，
　　存在我心里。

时间辩证法就是生死辩证法，就像一只钟摆那样，在张敏华的诗歌中，时间意象亦从"风"的象征转向"光"的象征，时间像光一样每日重临，"它把手放在我的／额头，它曾想带走我的／不幸"。它让人感到安慰："我将活到／自己的晚年。"每日重临的光的意象让一种安详的思想不期而至。

诗人避开了抽象的概念图示，他通过意象和象征图示呈现出思想的现场。这是光与风的辩证意象，他在《如果光消逝》中说："光投影在脸上，什么／藏在风里？"这是光与风的辩证法，"如果光消逝，／答案留在了光里——"。在《一阵风》里，他说，"是一阵风，在一个生／或死的窟窿里，闪着烛火的／夜晚"。在《他，和她》的重逢时刻，在疼痛与木然、热情与伤逝交织在一起的时刻，在《你，和我》欲望之火"死灰复燃"的时刻，都体现出光与风的辩证意象，或生与死的辩证法。

渴望是生命的核心，在宗教与哲学中，渴望是理性主义也是神秘主义哲学的隐秘核心，渴望显现出匮乏，又拒斥虚无，它渴望事物与对象的在场。在张敏华诗中，这种力量作为一种欲望或生命意志无处不在。

　　昨夜的一场雨让草地变得
　　泥泞，空气中有不易

被觉察的甘饴，
我张开嘴伸出舌尖，
舐着春天的新芽。

——《云湖公园》

　　这是一个生机勃勃的时刻，就像在《四月》，
"池塘里丛生的苇草和菖蒲"，固然今日生活世界
与古典诗歌的环境反差巨大，诗人仍然敏感于自然
的物性，因为池塘春草即使在现代社会的缝隙里也
顽强地携带着宇宙论的信息。比兴之法暗含其中，
这就是一种慰藉："而一个人来了，又离开，/卸
下身后的静寂。"在意识的绝境中，生死之辩向自
然之道倾斜，如《寓意》一诗所描述，"她的脸跌
进黑夜，/——她渴望，最终把自己变成/风和树
叶"，因此诗人说，"不该把夜晚想得那么黑，/
新月钻出云层……"。（《四月》）诗歌之所以能
够在宗教与哲学之思走不通的地方另辟蹊径，是因
为诗歌修辞所塑造的辩证意象，他可以用"新月钻
出云层……"来缓解黑暗的疑虑，诗人把无意识状
态中的焦虑转化为清晰的世界表象。这是一种古老
的诗性智慧，物性和物的世界转化为慰藉性的力量。
"河边苇草丛生，/如果是早晨，灰椋鸟会和我一起/
掠过水面。"（《嘴里就有了咸味》）在怀疑论的基
调下，它们仿佛是张敏华诗歌中另一重欢悦的乐章。
有如《谷雨》时分：

我头戴斗笠，身披蓑衣，
站在齐腿深的麦田里和麦子
一起拔节和抽穗，
不远处是结荚的油菜。

从"我"、从意识主体转向物，为诗人重获古
老的生命欣悦，在谷雨时节，和麦子"一起拔节和
抽穗"，体验到种子不死的奥秘。而这种欣悦感的
来源，究其实似乎只是作为一种修辞结构或比兴之
法而存在，但在诗人这里，又确然是作为一种真切
的感知而发生。这里隐含着诗歌语义实践的奥秘，
意义感是修辞结构或隐喻的偶然生成物还是人类体
验结构的固有部分？这是一个问题，我们知道的是，
每一代诗人都必须从新的语境中重新激活这一双重
的意义结构。

……只有风声。做一棵树，
我度过树的一生。

满树的风。陡峭的树枝上，
有风遗落的谦卑。

——《做一棵树》

曾让诗人感到虚无气息的风，因为"做一棵树"，
他反而能够"在风声里得到片刻的安静"，享有风
"遗落的谦卑"。物性让人谦卑，尤其是感知到物

性与生命之间的隐秘联系之际。"一棵棵香榧树，/百年没离家半步"，植物稳固静态的物性接近某种永恒感，它让诗人感叹："时间是一棵香榧树，""活着，像泥土一样持续。"（《香榧古村落》）失落主语的"活着"从抽象的时间投射到古木，投射到一切生命和它的"土壤"。"如果灵魂还在那里"，在这句无出处的引语之后，诗人说："风无论对他说什么，他都觉得 / 不会有任何改变。"（《再继续》）

与"风"这种现象一样，树亦经常成为张敏华诗歌中的一个核心意象："身前一棵树，身后一棵树"，"与两棵树对坐，/ 禅心如水。"在诗人看来，树卑微而永恒，因此，"只需要两棵树——/ 一棵种在房前，一棵植在墓后"（《两棵树》）。与之同时，诗人亦体察到，做一棵树，并非纯然的幸运，在命运面前，《一棵树也不例外》，"砍下一根树枝，/ 不知道它流了多少血，忍受多少疼"。

> 所有能掌握在自己手里的命运，
> 都不是命运——
> 一棵树，也不例外。

但与万物共命运、与万物共在，与微末之物的共同存在被诗人视为《有幸》：蜗牛蚂蚁之类微末之物让诗人停下脚步，"蚯蚓吐出的一颗颗黑珍珠，/ 我闻到泥土味"，诗人把这些微末之物视为"被神眷顾的 / 生灵"，并且称颂其"生于乱世，何其有幸"。

这是一个相当有趣的感知层面的巨大反差，在当今一切皆需引人注目的社会，作为商品之外的事物越来越没有存在价值，而诗人仍然继续给予这些微末之物以存在意义，诗人在某个《片刻》看到，一只蜗牛正爬上公路，"这些微小的片刻，它们和万物 /经历一次次非比寻常的 / 相遇"，创造了无数欢乐与悲伤，正如《蚯蚓》一诗所说，他从未曾想过蚯蚓也会死，引语中的话写道："春天流着血离去，我们 / 都会变成蚯蚓。"是的，诗人瞩目的是那些会被碾压、撕裂、流血和死亡的事物。

被切开的《苹果》也变成这样一种有关创痛与弥散的隐喻，"苹果汁留在刀刃上，释放的果香 /被风弥散"，诗人以特殊的修辞"切分"了一切事物，使之释放出独有的诗意，"我只是用意念将苹果切开，/ 苹果，完好无损"，一种复杂的关于物性的修辞结构投向体验，"我来到尘世，其实 / 和苹果一样"。

看被赋予了一种诗学价值，看的功能被视为意义的资源。在张敏华关涉微末之物的书写中，物性被视为万物相关的根据，无论是杨柳、菖蒲、苇草的绿，"让小白菜的绿和栖灵塔上的 / 天空连在一起"（《小白菜记》）；还是"乌鸦的翅膀上 / 下着雪"（《乌鸦》）。万物的可见性均被赋予了特殊的认识论意义。诗人赋予《看见》一种特别的意义：

　　玻璃窗上的冰凌花。窗台上
　　开花的蟹爪兰。

窗外附着霜白的苇草。
突然豁朗的天空。

　　他说，"生命的某个瞬间——/那是物质的，也是精神的"。诗人同时注目于《那些可见和不可见的事物》，他看见"树叶变枯黄"，即看见"冬天里有无法抗拒的基因"。在诗人看来，可见之物昭示着不可见之物。由此，一只顺着下水管往上爬的老鼠，"把卧室的灯光调暗"的独居女人，摸不到反光镜里自己脸的"我"，屋檐下飞翔的燕子和雏燕的饥饿声，是什么显露又遮蔽在生活的表象之下？这些足以唤醒一种惊讶感："离奇的一天，我驻足停留人间。"

　　在张敏华的诗中，一种比兴之法在生死之辩中处在修辞的核心，换言之，衰败与救赎的隐喻结构经常隐含在描述性话语中。《就像这盆海棠》，"即使它被放在妻子的窗台上，/也会谢"，比兴或隐喻不经意间出现在生活场景的描述中，"一个女人面对一盆谢了的/海棠，/为一个男人抄写心经……"。对诗人而言，他只是所有存在之物的代言人，在人心与物性之际，诗人所见是"一张失血的脸，欲望，怜悯，虚无，/低处的苇草/……多么卑微。"在无从摆脱的"欲望，怜悯，虚无"困扰中，对物性的渴望就像是一种回归，"有时候你说，像

石头一样 / 沉睡，多么幸运"（《一个多雨的春天》）。

在张敏华的诗作中的那些辩证意象，风、光、夜色、流逝与返回……既拥有其自然物性，又是一种相互交织在一起的语义结构，"倦怠的一张脸，以这张脸为夜"，诗人以复杂的语义结构描述着隐秘的生命体验，"在医院病区的走廊上，/ 有许多片刻的光影——/ 这最后的 / 弥撒，成为夜色的 / 一部分"（《夜色的一部分》）。诗人善于使用辩证意象，黑暗并不是全部，在黑暗之前加上一个修辞，黑暗意象即发散出微暗的意义之光："这么多的小黑暗，/ 我曾经的爱都藏在它们里面。/ 这些带着光的小黑暗，/ 竟然都还活着"，诗的修辞改变了词语的固有属性，融入了更复杂的体验，"在黑魆魆的 / 小山丘上，你的小黑暗 / 照亮我"。

> 还是这些风，
> 抱着我，抱着你，抱着这些小黑暗——
> "我在你身上守候，
> 就像黑夜。"
>
> ——《小黑暗》

在生与死的沉思中，在生命的光与阴影之中，他亦写下某些如《郁金香之诗》一般香艳的诗。他写《迷失》的伊朗女诗人芙洛戈·法罗赫扎德，"潮湿，幽暗，一张忧郁的脸，/ 一颗失常的心"，然而诗人随即赞叹，"哦，曾经多么狂热，/ 生命，之爱，之情欲……"他在《三月》写普通农妇之迷魅："她的腿是小桃树，/眼睛是蚕豆花。//孩子已长高，/幸福是她的庭院。//偶尔她望着水中的菖蒲，/猜想自己的暮年。"他写《他》被"情欲唤醒他的肉体"。欲望似乎总是与物性隐秘相关。欲望书写同时指向的也《是我，是我们》：

> 是我，为某个节日狂欢。
> 是我们，在体内找到动物的
> 快乐。

在张敏华的诗里，欲望有如晦暗背景中物性的微光，人的欲望亦为物染上了一层光晕。《月亮》被比作"一天比一天丰满"的"少女的乳房"，他说："这看起来像一个蓬勃的比喻，/但不是秘密。"

> 我不说她日渐枯竭，干瘪，
> 她的沉寂，孤独，
> 她自身的微妙，午夜般的
> 宁静。

渴望是神秘的核心。在衰落与救赎、流逝与复归的生死之辩里，生命的渴望总是存在着，而且被不可逆的感觉所强化，诗人表达着一种《渴望》：即使"曾经的渴望消散殆尽"，珍爱的陶器——日常生活的象征——已经破碎，他仍然感受到"碎片埋伏在四周，/像我的一堆渴望"——

> 这世界没有什么屈服于我，
> 就这样活着，像碎片，已看不到火焰，
> 但比火焰强悍。
> ——这致命的，渴望。

渴望指向世俗之物，渴望也指向超验世界。诗人在《神谕》中承认，"人间遗落了它的词语"，有如不可挽回地"在被磕破的蛋壳上找到神谕"，但它的碎片内化于所有的微末之物："万物皆有生灵。"因此，"穿着时间的旧棉袄"，在犹疑不定的"记忆里打盹"似乎不是诗人的归宿，他宁可生活在一个蓬勃的隐喻里，或为思想创建出新的比兴之法——

> 指尖照亮黑夜，把月亮引向树梢，
> "夜晚是只熟睡的母羊，
> 星星是它的儿女。"

2022 年 8 月 16 日
云南大理

辑一

庚子年的猫

风

又听到了与风的摩擦声。
——被风蒙面,劫持,像树一样
挣扎,风将我吞咽。
一个踉跄,我被风绊倒。

满地落叶,这风的碎片。
生死被风怀抱,风从我身上剥落。
和风一起出走,
在遗忘带来的悲伤里——

2018.8.8

怀疑者

生在因果之间，活在疑虑之中，
似乎看到了真相——
夜晚降临，远光灯撕开黑暗，
夜色安顿了尘世与法相。

茫然四顾，不安，胆怯，焦虑，
失手打碎星空，心生悲凉，
生死无常，继续寻找
活着的理由。

2018.8.11

最　后

那么多的人似曾相识——
车站，码头，商场，饭店，影院，医院，
甚至殡仪馆。

而更多时候，
我出没在山村，古道，盘山公路上，
捕风，捉影，听蝉，
闻鸟鸣。

一觉醒来，我庆幸自己
还能穿上昨晚脱下的鞋子继续赶路，

在陌生的人群中寻找
有缘的人。

如果还能让我想起谁，在我感到
无处可去的时候，往回走——
时间承受我与自己最终的
相遇。

这么多的人不知去向，
最后只留下我。
——最后，我也不知去向。

2018.8.11

月 亮

我把她比作少女的乳房——
一天比一天丰满。
这看起来像一个蓬勃的比喻，
但不是秘密。

我不说她日渐枯竭，干瘪，
她的沉寂，孤独，
她自身的微妙，午夜般的
宁静。

2018.8.27

他，和她

因为遇见，他移情别恋，
因为重逢，她的双臂盛开蔷薇。

但她仍然孤独，仿佛世界始于她的意识，
而他穿着臃肿的衣服，饥肠辘辘。

干枯的河床，时间的源头藏在他体内，
天空，无休止地等待她的耐心。

"风鱼刺般被卡在树上。"他说。
"风也会疼痛。"她说。

抓住岩石上的蜥蜴，她扭动身子挣扎，
他松开手，又握紧拳头。

翻开一本被流放的相册，他蓬着头，
她面无表情，需要时间修复。

秋色烂漫，但她戴着鸭舌帽，
他戴着白手套，留下一座缺席的雪山。

离去的三十年，
像风掠过他脸上的皱痕，
"岁月似曾相识。"她发出嘶哑声。

仿佛他不在这里，昨天并不存在，
而她仍在那里，拄着拐杖。

乌有的她，生活在镜子里，
乌有的他，不小心打碎了镜子。

他侧身躺下，与青草同眠，
她醒来，身上带着露水和泥土味。

活生生的发式、衣着和微笑，是她的，
活生生的她，是他的。

——他和她，满身尘土。
——她和他，生下日月。

2018.11.14

一　月

风在树枝上抽噎，
猫趴在树下，它肯定是
病了。

灰蒙蒙的天空，大地冥茫，
纷纭世间，我也病了，
但我无法预料会在什么时候
被死亡抓走。

像猫一样抓挠这尘世——
"心情落空，抛下苍凉。"
"风雪蕴藉于归途。"

2019.1.10

10

我　们

鸟巢被卡在树枝上，我们
望着河对岸的苇草——
"世界始于我们的意识，
向着低垂的天穹。"

竹林深处的寺院，被木鱼声遮掩，
秋去冬来，冬去春来，
我们像蝉一样卑微地活着，
爬出欲望的躯壳。

离去五十年，我们老了，
一群麻雀突然从我们眼前飞过，
我们，一个一个的我不见了踪影——
一个又一个，悄悄
返回人间。

2019.1.26

独　白

保持沉默，风在替我说话——
"但我越来越惧怕风。"

麻雀濒死在网扣上，我低头
俯身，愿望达到极限。

灯被打碎，我听见
被捕获的蟋蟀仍在失明地吟唱。

归来的人，全是对自己的托词，
我，已不再是我。

"——从哪里来，到哪里去？"
此刻是我离去的时候。

2019.2.15

12

你，和我

你曾一次次迷失在风里，
我丢了风的缰绳。

伤痛之床，我礁石般的
身影压在你身上。

无眠之夜，伴随我沉沉呻吟，
你匍匐在我带刺的身上。

掏出体内的情欲，
人性之爱，你欲罢不能。

你在我体内燃烧，
我在你体内死灰复燃。

遥远，孤寂，消逝，
你曾是我，我曾是你。

在你和我之间，不只是
我和你，如同草木。

2019.3.29

它

石头碎成沙子，眼泪代替记忆，
它想知道是否
到了时候，失踪者是谁？

子夜点燃一堆篝火，它闪着磷光——
它是死亡吗？绝望是因为
它还活着。

摧毁那么多，它知道获救的代价
只能是毁灭。
它是虚无的，是未完成，
意识从指间滑落。

2019.4.3

清 明

世界：从一个到另一个，
如果缺席这一天，这世界变得
混沌。

这一天，和梨花油菜花一起
分享明亮的丛生。
这一天，像流逝的时光，
又一次回来。

在生与死的国度，那么多缭乱的
烟火，抓住了长眠者
寂寞的衣袖。

2019.4.9

自 得

风停下来，我不需要用风
来辨别方向，一棵树拦在路上，
我像风闪到一旁。

内观而自得，池塘睡莲开，
喝一口白茶，性子太急，茶水太烫，
我学会放下。

用树枝在地上涂鸦，
偶尔抬头望一下结痂的天空，
心无挂碍。

躲进山里，躲过尘世喧嚣，
但躲不过花白的头发，中年的
记忆和遗忘。

2019.6.1

渴 望

曾经的渴望消散殆尽。
一阵冷风袭来，我抖擞着醒来——
绕不过时间的悲悯。

我曾经拥有的紫砂壶
将黑夜打碎，碎片埋伏在四周，
像我的一堆渴望。

这世界没有什么屈服于我，
就这样活着，像碎片，已看不到火焰，
但比火焰强悍。
——这致命的，渴望。

2019.6.5

附　体

长兴外岗村，山风敞开胸怀，
一个中年男人被一个男孩附体——
他舔舔嘴唇，用手摸着
童年时留在额头上的伤疤。

池塘边，他教男孩削水漂，
扔出去的瓦片，一波波惊现
人生的密码。

在山路尽头，他取下胸前的玉佛，
把它挂在男孩胸前——
第二天拂晓，他醒来发现
玉佛仍挂在他的胸前。

2019.6.7

18

眼 罩

她习惯戴着眼罩睡觉，
无论白天还是黑夜，她以为
戴了眼罩就能让自己
安心地入睡。

但她仍然无缘无故地
失眠，想起某个人，
或回忆某件事，两个黑洞仍有光
漏出。

当她再次无缘无故地失眠，
眼罩戴与不戴，她都逃向黑暗——
黑暗裹住她花白的头发，
就像她的睡眠。

2019.6.8

看 海

"那天我们匆忙看完寺院，
就急着去千步沙看海。"
提着鞋，光着脚走在沙滩上，
一群海鸟向我们飞来，又突然
掉转头——
一张放大的海景照片，礁石
被潮水打湿，
天空有太多的抓痕。

海浩瀚，我们眺望许久，
仿佛昨天不存在，明天也不存在，
明天将遭遇不测——
浑身乏力，失落哀伤，
用舌尖抵住自己的牙齿。
这个星期天的黄昏，曾被如此
深爱过的大海，
——像我们硕大、呼吸的胸肺。

2019.8.4

日　子

突如其来的一场暴雨，伴随着
电闪雷鸣，
一条狗在树下躲雨。

街道像一条河，水流湍急——
我在四楼的浴室，
边望着窗外，边淋浴。

狗终于看见了我，它的目光
和我一模一样，它湿淋淋的身体
和我一模一样。

雨停了。
在夜色的掩护下，我吹着口哨，
日子总得过下去。

2019.8.19

蜘　蛛

即使我没看见蜘蛛，但它
仍在屋檐下补网。
蛛网上细小的水珠让我看见光，
颤抖的网扣让我听见风。

一只蜘蛛，把混沌的尘世
编织在一张蛛网上，
它瘦小的身影，减轻了
人间的悲悯。

蛛网可能被捅破，蜘蛛
掉下来，逃过一劫。
面对蜘蛛，我的目光变得恍惚和迟钝，
我想背叛它，却让我心生愧疚。

因为生，需要一只蜘蛛，
死，需要一张蛛网。
站在蛛网下，我迎着风，
像迎着蛛网。

2020.1.17

庚子年

庚子年被装在药瓶里，
日子像一颗颗五颜六色的药丸。
巨大的吞咽，药瓶
被掏空：一场肆虐的疫情
被谁预言？

窗外没有鸟，夜晚看不到星辰，
一切都是偶然的，或必然的恐惧和绝望，
一次人为的跳闸，扼住了
庚子年的咽喉。

2020.1.19

窗 外

恐慌之城，梦幻中沉迷的居所，
一次冗长的失眠。
黑色幽灵，沾着星光的裙裾，
精湛舞姿让魔鬼附身。

昨夜今晨，无数惊恐的目光，
从怀疑中寻找神谕。
庚子年，小鼠的哀伤
在晦暗的窗外。

一片飞地。
——悲悯降生，忍住热泪，
一轮新月哺育。

2020.2.2

24

武汉的日子

什么样的焦虑抓住失眠的我？
人间戏仿它的不安。
一段长江，一座城市疫情
感染的讯息。

缺席的机场，车站，码头，商场
口罩封不住那些被感染的人。
恐惧和疑惑掖在腋下——
"逃过一劫，或活着出去。"

鹤去楼空，鹤去哪儿了？
——我的日子是武汉的日子，
神祇是新隆起的
两座山。

2020.2.4

雨 夜

遗落的瀑布，耗尽了
天空的墨汁，玻璃窗上满是
夜晚的补丁。

沼泽之地，身后的惊恐
被冠状的
刺，戳上荆棘。

窗前的默念将雨声湮灭，
花白的头发
被蓬松的黑夜出卖。

2020.2.10

26

二 月

镜子里的那张脸，在两眼
发青的光影里沉沦。

河水冷得刺骨。
"恐怖白得像纱布。"
活着，为死亡寻找出路。

把赌注押给邪恶的
炉火，二月里死去的肉身。

每天都戴着面具活着，
时间久了，已忘记自己是谁。

清晨推开窗，白昼是一群
上学的孩子。

2020.2.14

庚子年的猫

它在楼梯口打盹，它的
无政府主义的日子，被庚子年的
鼠，抓挠。

"仅仅就是活着。"难以
启齿的夜晚，料峭的春寒让它
感到饥饿，不安。

依然对春天过敏，二月，水果在腐烂。
难以释怀的，是每天
还想着它——

"今天是它，明天就可能是……"
幻想能跟它，一只黑白相间的
猫，再次谈论人间。

2020.2.16

28

风，沉默

仿佛只有沉默才能
听见风声。

"起风了。"没有什么不能发生，
直到风的嗓子劈了。

风试图用它的嘶哑声音
抹去人间的沉默——

错愕的那一瞬，沉默是
唯一的声音。

2020.2.20

白 纸

面对一张白纸，我不知道
该如何落笔？
沉沦在白色里，我只能将这张白纸
揉皱，或撕碎——

"唯有白纸是真实的。"
"被漂白。"

2020.2.19

辑二

一棵树也不例外

清　明

下了一夜的雨，终于停了。
春分过后，很多故人像活着的时候
回来过节。

侧身走进墓园，谁也无法
抽身离去——
面目一会儿模糊，一会儿清晰。
一座座墓碑，像一个个
感叹号，沉默着。

退至悲悯深处，会听到
去年的雨声……

2020.3.20

云湖公园

1

水汽氤氲的河床，看不见
水鸟的身影却听得见
它们湿润的叫声。
春分，云湖公园的早晨，
朝霞倒影在水里，苇草偷着绿。
我的脖子仿佛变细变长，
伸到了水里——

2

静悄悄的云湖公园，
环湖的小路，像一棵棵倒伏的树——
枝丫向着湖床伸展。
昨夜的一场雨让草地变得
泥泞，空气中有不易
被觉察的甘饴，
我张开嘴伸出舌尖，
舔着春天的新芽。

2020.3.25

时间抛下的铁锚

每天看见几位戴鸭舌帽的垂钓者，
在小区的河边钓鱼。
他们抽着烟，把口罩挂在
耳朵上，或将口罩扣在下巴。

带饵料的，是倒刺的鱼钩，
警觉的，是白色浮漂。
一场暴雨让河水猛涨，
一根鱼竿守候在岸边。

垂钓者说："春天才刚刚开始，
河里已经没鱼了。"
——我们最终钓到的，只能是
时间抛下的铁锚。

2020.3.28

四 月

黄昏落在晚樱上，夜色渐浓，
遇见的人只看到背影。

池塘里丛生的苇草和菖蒲，
像针，扎出了绿意。

而一个人来了，又离开，
卸下身后的静寂。

不该把夜晚想得那么黑，
新月钻出云层，一脸的干净。

回头，或抬头的次数多了，
就变成了牵挂。

2020.4.13

苹　果

切开，将苹果一分为二，
事物就有了选择。
苹果汁留在刀刃上，释放的果香
被风弥散——

我只是用意念将苹果切开，
苹果，完好无损。
就像是一场误会，或
一次错失。

我来到尘世，其实
和苹果一样。

2020.4.14

谷　雨

昨晚淅沥的雨声反倒让我
进入熟睡的故乡。
我头戴斗笠，身披蓑衣，
站在齐腿深的麦田里和麦子
一起拔节和抽穗，
不远处是结荚的油菜。

天上有雨，地上有土。
早晨醒来，我汗渍的身体
像被雨水淋过。
原来是谷雨到了——
雨生百谷，土膏脉动，
我的被子盖得太重。

2020.4.19

做一棵树

欲望的树林。只有风知道，
我越来越像一棵树。

起风了。我抱紧一棵树，
在风声里得到片刻的安静。

树挨着树。抬头看树上的
鸟巢，我忘了呼吸。

只有风声。做一棵树，
我度过树的一生。

满树的风。陡峭的树枝上，
有风遗落的谦卑。

2020.5.19

有 幸

蜗牛让我停下脚步，
蚂蚁让我蹲下身，
蚯蚓吐出一颗颗黑珍珠，
我闻到泥土味。

这些被神眷顾的
生灵，生于乱世，何其有幸——
我的身上爬着蜗牛和蚂蚁，
蚯蚓蛰居体内。

2020.5.24

40

5 月 24 日，致布罗茨基 *

误闯进来，我也成了动物园里的
一匹黑马。

围坐在篝火旁，我还能看见什么？
死灰复燃，或灰飞烟灭？

剃须刀刮伤我的下巴，
血，迟钝地渗出。

窗框住棕榈树、木兰、常春藤，
却框不住教堂的尖顶。

额头上的蛛网是真的，
一切都是真的。

庚子年，今晚，我踩死刹车，
生怕蝙蝠飞起来。

——对故乡一无所求。
——这已足够。

2020.5.24

*2020年5月24日，是诗人布罗茨基诞
辰80周年纪念日。

植 树

东倒西歪的一棵树
像梯子，被扶正——
光，往下落，
眼神，往上爬。

树，像一个男孩的姓氏，
渴望被女孩抱着——
抱着，抱着，就抱住了
自己的暮年。

2020.5.27

43

一棵树也不例外

碗口粗的一棵树，它那么高，
那么硬，又那么陡峭——
但它不说话。

砍下一根树枝，
不知道它流了多少血，忍受多少疼。
风迷了路。

所有能掌握在自己手里的命运，
都不是命运——
一棵树，也不例外。

2020.5.29

44

就像这盆海棠

海棠花，谢了——
即使它被放在妻子的窗台上，
也会谢。

不是所有的花朵都能结果，
就像此刻，一个女人面对一盆谢了的
海棠，
为一个男人抄写心经，不为生活，
只为活着。

尘世间，
遇见和错过，都是偶然中的必然，
必然中的偶然，就像
这盆海棠。

2020.5.30

无　常

一棵拖泥带草绳的树
横在路边。

枯萎的树枝，散了架的四肢，
像一场车祸。

冷却的树枝，渐渐冷却的夜晚，
耳鸣，折磨了一个晚上。

无常，如此轻易，猝不及防的不幸——
树，已不是树。

唯窗外的雨，可点点
怜取，剩下的不只是慈悲。

2020.6.2

46

两棵树

身前一棵树，身后一棵树，
把一棵树涂成绿色，把另一棵涂成黄色。

与两棵树对坐，
禅心如水。

极度不安时，从两棵树之间
抽身离去。

只需要两棵树——
一棵种在房前，一棵植在墓后。

2020.6.7

对 话

五岁的男孩摘下一片树叶，
四岁的女孩看见后
哭了。

男孩将摘下的树叶递给女孩，
女孩摇摇头，哭得
更凶了。

"树是有生命的呀！"
"树叶，明年还会长出来！"

2020.6.8

48

那拉提草原

仰卧的那拉提草原,马群
挨着羊群。
悬空的蓝天白云,它们够不到
我的额头,只够到
我的胸口。

我骑在马背上,让马找到骑手。
我抱住一头羊,抱住了
自己的肉身。
没有褪尽的黄昏,风中的
经幡,落在牧羊人
年迈的身后。

天际渐渐沉入夜色,草原布道,
自带星光——
我,仿佛脱离了人间。

2020.8.5

黎明村

一张履历表，三个汉字，厮守一个村庄。
说它是一扇窗，我在这扇窗里
探视自己。说它是
一面镜子，我在这面镜子里看见自己。
它还是一道篱笆墙，
四十年前，我终于从篱笆上
爬了出来。

从村口桑地上捡起一片瓦砾
扔进河里，河水说出了我的不安——
"不知道意外和明天，哪一个先来？"
没有了母亲，不见了父亲，
我站在空荡荡的沙家木桥上，等待
桥倒塌的那一刻。

悲悯，并不能穷尽宿命，
除了这三个汉字，我已所剩无几。
我还能怎样？它所有的一切
仍在改变我——
"一旦离开它，我便无处躲藏。"

2020.8.10

石宝寨

惊叹于临江
耸立的
一方硕大无比的玉印。

依崖，十二层塔形楼阁——
门额，横书"楼云直上"。
门匾，阴刻"必自卑"。

有人坐崖顶天子殿外的石凳，
感觉石凳在动——
绀宇横陈，藏檐推山。

——昨日重庆
被淹，"石宝寨，也会被淹吗？"

记住这一点，无论在殿堂，还是
在墓地，都是离长江
最近的地方。

在忠县，离长江最近的地方
还有唐朝贤相
陆贽墓。

2020.8.21

鸟

那么多的鸟，在窗外，只闻
鸟声，不见踪影——
放下书本，我不再向往
鸟那样的自由。

就像父亲走了六十天，
我看不到他的身影，却还能听见
他和我说话的
声音。

很多年后，我能找到
父亲的墓地，
原谅我，那么多的鸟，却找不到一处
它们的葬身之地。

2020.8.25

狗

晚上去朋友家喝茶，
刚进门，一只卷毛狗就冲着我
摇头摆尾，还不停地
嗅我的鞋子。
以至于我在慌乱中
踩了它的脚，它尖叫着
躲着我。

生而为狗，何以感谢它？
生而为人，何以活得越来越胆怯？

应该说声对不起——
对不起，狗。
对不起，人类。

2020.8.27

鸡

朋友给我送土鸡，
她开的车，是黑色的
福特。

一张黝黑的脸，一双干裂的手，
我能想象她猫腰
在竹林里捉鸡的样子。

天气炎热，她满脸是汗，我也是。
纸箱里的鸡，快中暑了，
我拿出矿泉水往鸡的
头上浇。

我和她，在这百年不遇的酷暑中，
就这么活着——

2020.8.29

54

车的哲学

开了十年的车，一会儿天窗
漏水，一会儿机油
燃尽。而这一次，竟然是
发动机拉缸。

二十五万元的车，
每年三千元修理费，四千元燃油费，
五千元保险费。
一辆车，一种坏心情，常常
不约而至。

曾经把车当作情人，
十年了，比"七年之痒"还多了三年。
昨日妻子陪我去车城
看车，想找回我们共同的
情人。

真的想要遗弃一辆车，需要有
曾经爱它的勇气。
——我们一生都在培养
获得这种勇气的
能力。

2020.8.31

婚 姻

退休后，他不爱她了——
常常不回家吃饭，
深夜回来，也和她
分床睡。

可她每天临睡前，将自己的身体
洗得干干净净，
每天早晨，又将他换下来的
内衣，洗得干干净净。

其实二十年前，在她
患一场大病之前，
她和他，就过着这样的生活，
但她忍着。

她的善良，让她有了
一种不快乐也能活下去的
意念。

2020.9.5

石 头

一堆沙子被弃在马路上，
其中的一粒，比其他的都大，
我称它为石头。

车疾驶而来，石头最先被
轮胎轧着。

这块茫然的石头，想回到南山上。
——它怀疑自己
不是一块石头，我也怀疑
它不是。

沙子的命运，就是渐渐地忘记
自己是一块
石头。

2020.9.6

蜗牛之死

我踩死了一只蜗牛。
我有意识地
咽下口水，舔一下食指。

菜园里，蚕豆、豌豆、油菜结荚，
两只蜻蜓忘情地
叠在一起，飞——

我多想在菜园边建一间草堂，
把自己挂在树枝上，比如暮色，伤感，
比如无常，怜悯，慈悲。

2020.9.16

通向墓地的路

坑坑洼洼的碎石路，被两边
齐腿深的野草
掩着。断了丝的蛛网
挂在草叶上。
一只只蚱蜢纷纷跳向
两边的草丛。

新隆起的土方，
突然将通向墓地的碎石路掩埋。
我随手折断
路边的一棵茅草，将它
举过头顶——

2020.9.18

G1228 次

复兴号动车。我戴着口罩
和鸭舌帽。最后一节车厢。
我推着行李箱。手机里的
车票，座椅上还留有下车
旅客身上的余热。

邻座上的旅客已经换了两拨——
一个沉默的中年妇女。
一个手腕上文着小玫瑰花，戴着耳机
听歌的女孩。
我不得不承受车厢里
陌生的气息。

七小时的行程。一张倦意的脸。
我从嘉善南至天津西，途经四省二市，
起点和终点，连起来
觉得意味深长。
——气温降了10℃，但我
已足够温暖。

2020.10.16

辑三

时间的猎物

平江路，兼致诗人长岛

苏州之平江路，太过于真实——
木杪，静谧灵悟。苏扇，
扇来善往。羿唐丝绸。桂香村。
兽兽冰淇淋。布兰兔。寻，
花吻茶。儒侬。香遇……
这是人间十月天的下午，你的
游说让我入神，又
悄然走神。

你说，庚子年真快呀，一年如一日。
我说，一年如这一小时的
途中。
人群熙熙攘攘，口罩戴
或不戴，都好像是
疑似病人。

从北往南走，我穷尽自己的想象——
民国。清朝。明代。宋元……
"平江路上，除了脚印，
什么都没有。"
"其实脚印也看不到。"

仿佛那无序或有序的
可能，被秋风磁化，像平江河的
流水，被命运顺从。
——天暗了下来，
一个个隐身的老者向我们
走来，在平江路的
尽头。

2020.10.19

博物馆

每到一座城市我都会去博物馆——
遗址，化石，玉器，瓷瓶，
绸缎，陶罐，铜镜，青铜器，甚至棺椁，
陪葬的尸骨，木乃伊。
——它们的古老，都让我
难以想象。

这是人类的另一种气息。
"谁敢在博物馆待上一晚？"
环顾四周，灯光暗淡，我不知道
自己身在何处？
手悬在半空，我不知道想要
抓住什么？

除了惊叹和敬畏，
追根溯源，博物馆的价值，能让我
对一个考古学家的智慧
知道多少？

2020.10.19

想做的事

昨晚失眠。我嘴里有薄荷的
味道。夜是一种
隔离。蜘蛛在月光下
补网。

坚持在做的事，并不都是我想做的——
切开的苹果开始变黑。

午后，我将一位来社区
打流感疫苗的老人，从电瓶三轮车上
抱下来。

2020.10.27

时间的猎物

我边嚼口香糖
边向池塘里的金鳞红鲤鱼
投鱼饵。

看它们争食卷起的
水花，我一会儿乐，一会儿
悲。

如果此刻
我投下装有饵料的鱼钩，会是怎样？
"我们都是时间的猎物。"

天忽然下起了细雨，
我将口香糖的残渣，吐在
掌心——

2020.10.29

香榧古村落

嵊州，西白山香榧古村落，
一棵棵香榧树，
百年没离家半步。

"种香榧树的人去哪儿了？"
村道夹着墓地，我从香榧林的
两旁，侧身而过。

时间是一棵香榧树，
我在树上采摘香榧，有人
搬走了梯子——

"活着，像泥土一样持续。"*
香榧树下，我常常忘记
自己是谁。

2020.10.31

*茨维塔耶娃诗句。

68

费家大院

瓶山街。每次经过费家大院，
我都要去瞧一瞧
大院的门，是否虚掩着。
对费家大院的各种猜想，源自我
听到的各种传说——

费家的后代曾跟我说起她家的历史，
曾祖父如何经商赚钱
建造费家大院，
曾祖母如何生儿育女，
她还说日本人打进来时，费家大院
成了日本宪兵队司令部。
以至于我每次看抗战电视剧时
都会想起费家大院，
每次到费家大院我就想知道
皮开肉裂的审讯室在哪儿？
我甚至幻想能在剥落的防火墙上

找到两三颗日本宪兵
留下的子弹。
以至于我晚上去费家大院
就想把所有的灯
都打开。

后来，费家的大部分后代去了上海，
费家大院被政府征用——
军管所，派出所，居委会，幼儿园，
闲置多年后成了文艺之家。
如果不是文保单位和费家后代的
交涉，费家大院
早就被开发商夷为平地。

每次去费家大院，我都从东门进入，
我敲门，门跟我说话，
我上楼，楼梯跟我说话，
但它们的话，我始终没有听懂——
十月桂花香，我花粉过敏。

2020.11.1

哀 鸣

有鸟在哀鸣。但我已没有
猎枪。树上也没有
捕鸟的网。

生而为鸟，鸟仍在哀鸣。
哀鸣，也不只是
窗外的鸟。

不只是我一个人
听见，但没有人像我一样将头
探出窗口——

2020.11.2

爱自己

我不想伤害任何一个人。
"爱使我成为自己。"

我从未像今夜那样爱自己。
"我在我身边睡去。"

来吧，再爱一次——
"我是我最爱的一部分。"

哦，等着吧，三月。
"和修女般的樱花再次相逢。"

2020.11.9

72

那些可见和不可见的事物

树叶变枯黄，冬天里有无法抗拒的基因。
那些可见和不可见的事物
都在那里——

一只老鼠顺着下水管
往上爬，它不知道我在窗口
早已盯着它。

"明知道归宿是什么，但我仍然
把卧室的灯光调暗。"
清心寡欲，我仿佛过着
单亲家庭的生活。

风吹在我脸上，
但在窗的镜子里，我摸不到
自己的脸。

离奇的一天，我驻足停留人间。
释怀，我看见屋檐下
飞来飞去的燕子，还听见
燕窝里
雏燕的，饥饿声。

2020.11.10

谈论死亡

当我们谈论死亡，就去
菜市场看看，铁笼里待杀的
鸡鸭，渔网兜里吐沫的
螃蟹，被剁下来的
鱼头，堆放在案板上的
猪爪，挂在铁钩上的
羊腿，铁桶里
猪羊鸡鸭的五脏六腑……

一把把闪着血光的刀。
一双双翻捡死亡的手。
等价交换的硬币、纸币、支付宝
或微信转账。
对死亡的漠然，熟视无睹——
"生也在劫难逃。"

2020.11.12

繁　星

人间太悲苦，
它们都不愿落下来——
即使落下来，也都消失得无影
无踪。

2020.11.18

神　谕

人间遗落了它的词语，
在被磕破的蛋壳上找到神谕——
"万物皆有生灵。"

指尖照亮黑夜，把月亮引向树梢，
"夜晚是只熟睡的母羊，
星星是它的儿女。"

夜与昼。风抓挠这尘世——
"肉体是爱的理由。"*
直到不再受伤，也不再爱。

穿着时间的旧棉袄，
犹疑有限的人生，或在
记忆里打盹。

2020.11.26

*[以色列]耶胡达·阿米亥诗句。

76

她，像我活着的母亲

给她打座机，她说："嗯。"
给她打手机，她问："你是谁呀？"
一台电话机，或一部手机，都无法阻止
她的老年痴呆。

三十多年来，我曾四次搬家，
前三次都和她住在单位同一幢家属楼。
——她，东北辽阳人，
七十年代大专毕业来江南工作。

二十几年前，晚饭后我常去她家，
在长方形餐桌上教她打乒乓球，
我接她球时
常常是睁一眼闭一眼，或将球
吊在餐桌的两个边角。
"大坏蛋，你就这么坏！"

她女儿及家人都在省城工作，
她和爱人成了空巢老人。
我常去她家看她，
有时带她去医院看病——
但现在她看见我，只会
咧开嘴朝我笑。

有时在街上碰到她，
她的手，被她爱人的手牵着。
望着她日渐消瘦的身影，
我会想起十年前离开我的母亲——
忍不住流下眼泪。

2020.11.30

十二月

它习惯用手指在树林涂鸦，
风，抓住参差的枝叶。

它想成为一只水蜘蛛，
只有雪花让它躲藏。

减去年月日，分分秒秒，
归宿，像飞沙——

发芽的伤口，
水仙在慵懒的午后醒来。

搬走窗台上的月季、仙人掌，
铜钱草浮出尘世。

2020.12.4

悲　悯

一只破碎的碗，被遗弃在
苇草丛中，风摔倒在
碗里。

从碗沿到碗底，
尘土之痛，在碗壁上
结痂。

一时一刻，风在破碎的
碗里，经历
因果。

一只破碎的碗，一碗
破碎的
风，绝尘而去。

夜色掩埋这只破碎的
碗，风为这只
碗，超度。

2020.12.8

看 见

玻璃窗上的冰凌花。窗台上
开花的蟹爪兰。
窗外附着霜白的苇草。
突然豁朗的天空。

生命的某个瞬间——
那是物质的，也是精神的。
拥有了，却装作什么
也不曾看见。

2020.12.16

二〇二〇年

"蝙蝠发动对鼠的战争,
那只是猫的臆想。"
"饥饿,是对饥饿最好的治疗。"
"平等只是一个,两个,更多的……
幻觉?"
"面红耳赤,但每一次我都没有喝醉。"
"我伸臂抱住病床上的父亲。"
"面对摄像头,我像面对镜子,眨眨眼?"
"虚假的赞美并非我故意。"
"动物园里,
思想的野兽追着我陷入恐惧。"
"白内障的天空,延误的飞机航班。"
"为什么我的良心会感到剧痛?"
"我的名字被碎纸机粉碎。"

"懂得交易，但我不能出卖自己。"
"银杏树上的叶子，是我信仰的证据。"
"谁的忍受能赢得我的崇敬？"
"地铁口，戴口罩的幸存者是谁？"
"我是谁，我曾经是谁，
已不是那么重要。"*
"我来自中国，活过了疫情。"
"感谢那么多的婴儿还愿意来到尘世。"
"一群白鹭催生爱和欢乐。"
"站在窗前看见狗，我看见了自由——"

2020.12.19

*波兰诗人切斯瓦夫·米沃什诗句。

生 活

小区改造，一棵棵香樟树、
石榴树被锯断。
挖掘机运输车发出的"隆隆"声
被我写进了诗里。

沙石散落在路上，
我已不在意业主与施工者之间的
对话，只在乎清晨还能否
听到鸟鸣。

在风的世界里，让树开口说话，
让鸟飞出鸟巢。

2020.12.20

84

气象学

"空气流动就形成风。"
这是三十五年前我上大学时
《气象学》教授说的。

"三十五年前的空气。"
我只能为它们做一件事——呼吸，
呼吸，深呼吸……

一本发黄的《气象学》教科书，
将人类的风云变幻
尽收眼底。

2020.12.24

独 白

拒绝顺从，但眼睛和耳朵
不听使唤。

一张土豆似的脸，被检视——
风，发现藏身之处。

良知的软肋匍匐于胸口，
身后的未来，只是一个比喻。

参加完自己的葬礼，然后
释然地回家。

也许这个世界，只缺少一句话，
"对灵魂仍然一无所知。"

2020.12.25

掩 体

要的只是一只碗，一双筷子。
筷子敲打碗——
筷子的声音，被碗
消弭。

碗，像数字"0"。
筷子，像数字"1"。数字
让碗和筷子变得
抽象。

直到碗破了，筷子
断了——
它们，为人提供情感的
掩体。

2020.12.27

小动物

我们是小动物，被林子
庇护，无论跑到哪里，都在
林子里。

后来林子
被砍伐，我们被风
围猎。

现在已没有
禁猎期，我们也不再是
小动物。

"被关闭在一个沉默的词里。"*
谁会替我们说出
秘密。

2020.12.29

*乌苏拉·科兹沃尔诗句。

88

你，你们

如果你伸出双手，我握住。
如果你们伸出双手，我用力
握住。

但这世界，如果没有你，
我依然前行。
没有你们，我依然继续着
既定的爱和恨。

去吧，这是我的肉体，
因你，健康。
这是我的灵魂，因你们，
自由。

2021.1.3

像……

光秃秃的树，和树林。
没有鸟鸣。

像树叶上消弭的风。
像树枝上的空鸟巢。

不如砍倒一棵树。
不如，砍伐一片树林。

像寒冷的冬夜。
像笼罩在身上的夜色。

2021.1.3

90

夜　晚

遛狗，去市民广场，
来到LED显示屏下。

将一张纸涂黑，
这不眠的夜晚。

头发脱落，如此多的
如意，或不如意。

天空低语，白雪飞落，
像风，了无牵挂。

2021.1.4

哭　吧

一张浮肿的脸，谁也没有例外。
逃离，或无处
躲藏，焦虑挥之不去。

日复一日，恐惧不曾离开。
像牛羊一样偷生，
风想说出真相。

忘记是白天还是夜晚，
走到乌有之乡。
哭吧，一双干枯的眼睛，
追溯无尽的轮回。

2021.1.6

采石场

原始的一座山。
石头活成树，活成草，活成溪水，
活成飞禽走兽。

而在采石场，一座山
被炸伤，炮声和硝烟溅起的
伤痛，从山上
滚下来。

当一粒石子，像子弹一样
飞起来——
能够抵挡它的，只有
风声。

2021.1.14

他，一个不存在的人

记住这些场景：当他被带走——
他口袋里的眼镜，手机，
香烟、打火机、手表、药瓶、钱包、
钥匙，
被解下的领带、腰带，都装进
黑色塑料袋。

威胁，或咆哮，窥视孔，
以水、香烟、睡觉，自由奖赏，
如此多的拙劣——
眼睛习惯了，耳朵不习惯，
耳朵习惯了，嘴巴不习惯……

——他，一个不存在的人，在某间
地下室，给自己
写信。

2021.1.17

辑四

如果光消逝

时　间

多好的安慰，我知道它
会到来，像光一样
照耀。

然后它暗淡了，一个世界的
孤独，
存在我心里。

它任性，每天都来
敲门，我拖着受伤的腿给它打开
虚掩的门——

它把手放在我的
额头，它曾想带走我的
不幸。

多好的安慰呀，不久前
才感到它的吝惜，我将活到
自己的晚年。

2021.1.19

是他，又不是他

他的手伸向水龙头，
是左手——
他抬头望了望窗外，雨水正从树枝上
落下。

他哭了一夜，但脸上看不到
泪痕，而能看到的，
除了有一丝怜悯，还带着
宽容。

经历太多的生死，让他变得
清晰，又漠然。
——世界已经这样了，
他还能怎样？

他病了，记忆是上帝给他的
药丸。
出卖他的那个人——
是他，又不是他。

2021.1.25

宿 命

午后，
她看见台阶上被踩死的蜗牛。
"死是注定的东西。"她知道
没有另外的死。
——偷生，她抬头看鸟，
低头看草。
和风结伴而行，只有蜗牛
还记得她鞋子的
颜色。

2021.2.1

离我更远了一些

睡梦里，一块石头敲打另一块石头。
醒来听着叽叽喳喳的
鸟声，我打开窗，将一块石头
扔向窗外——

天下起了雨，忽然
我意识到两手空空，什么
也没有。

"窗台上的月季花开了。"
只是叽叽喳喳的鸟声，离我
更远了。

2021.2.20

小白菜记

——诗呈扬州怀奇、锦平、仁广、宝亭兄弟

四月，从瘦西湖上吹来的风
带着琼花香。
——杨柳，菖蒲，苇草，它们的绿，
多像是小白菜的绿。

东园酒店的餐桌上，
秀色可餐的小白菜绿得逼眼，
白得入心。
看上去多青春的蔬菜呀，
伸手就看见绿。
泥土是父亲，阳光是母亲，
小白菜，生来就不是
孤独的一棵。

回到大明寺，我要在栖灵塔附近
耕一块菜地，播种菜籽，
让小白菜的绿和栖灵塔上的
天空连在一起——

2021.4.23

期　待

每天早晨我都会在
鸟声中醒来，一窗之隔，
我摘下眼罩。

新的一天，我不能不在乎，
又不能太在乎。
出门看天，
天晴，心情会变好，
下雨，就带上一把雨伞，
听天籁之声。

有多少人像我一样，
身体里养着这么一群鸟，怀里藏着
这么一把雨伞。

2021.4.25

蚯 蚓

人间四月，草长莺飞。
翻开潮湿的泥土，我看见红色的
蚯蚓。
它们躲着光，也躲着我——
血止住了，
伤口，也愈合了。

在未知的世界里，
我从来未曾想到它们
也会死。
"春天流着血离去，我们
都会变成蚯蚓。"

2021.4.30

神秘的猫

风会突然停下来，去问候
窗台上的那只猫。
它所在之处，仿佛它无须担心
何谓现实，也听不到
任何训导。

闭上眼，但猫仍在那里，
它的出现，如此偶然——
它趴在窗台上，
暮色笼罩在它身上。

立夏日，看见猫，
看见了它，黑白相间，弓着腰，
和它一起越过窗台，
消失在黑夜。

一只不存在的猫，
请忘了它。
一只被遗忘的猫，为何会
突然出现？

2021.5.7

五 月

感到了闷热，我转身
走进树林。
蚂蚁上树，我是一只大蚂蚁。
鸟鸣消失，只是从我的
耳朵里消失。

下雨了，小水珠从树叶上
落下，挂满了蛛网。
"蜘蛛去哪儿了？"我想起父亲，
寂静在堆积，凝结，
变沉……

风穿过树林，我孤零零地
留下，父亲去的地方离我很近——
我是否还能从容地走出树林？
——我把目光投向天空，
眼里满含雨水。

2021.5.9

片 刻

一只蜗牛正爬上公路。
"请稍等片刻。"风中有一个声音
在和谁说话。

这些微小的片刻，它们和万物
经历一次次非比寻常的
相遇：欢笑，抽泣，尖叫，静默。
数不清的片刻，数不清的万物
藏着四肢和眼睛。
被时间爱着，恨着，爱着，
爱恨交加——

2021.5.11

嘴里就有了咸味

河边苇草丛生，
如果是早晨，灰椋鸟会和我一起
掠过水面。

而现在是黄昏，我站在河边，
看到自己胆怯的
倒影。

水雾漫上岸，
我往河里撒一把盐，
轻轻咽一下口水，嘴里就有了
咸味。

2021.10.4

走失的野鹿

他像一头野鹿，在山冈、树林、
溪边出没，
我守候已久，只是没有
扣下扳机。

霜降过后，他身边的
山冈变黄，树叶变红，溪水变凉。
我远远地看着他，像看着
一头野鹿。

我不是猎手，大拇指和食指的
手枪里没有子弹——
他就是那头走失的野鹿吗？
我不想知道他的来历，
只是伤心地离开他，离开
那头野鹿。

2021.10.10

再继续

"如果灵魂还在那里。"
风无论对他说什么，他都觉得
不会有任何改变。

"忧伤的梦，以后呢？"
他终于在黄昏离去——
他明白，如果没有他，时间会
如何再继续。

"离开我吧！"他说。
夜晚将他带走，
他怀疑再次醒来，仍然是
夜晚。

2021.10.25

如果此刻

黄昏，一只流浪狗
趴在铁栅栏后的草丛里，僵硬的
是它渐渐冷却的
四肢。

不会太久，夜色就会笼罩在
它身上。

一条宠物狗，比熊，渐渐走近，
它嗅着，嗅着，
突然奔向栅栏，却被它
主人手里的遛狗绳
死死扣住。

如果此刻，
栅栏后的流浪狗突然从黑暗里
蹿出——

2021.10.29

一个词

独处。无须多虑——
如此安然，无常，窗口不再有
离人的夜晚。

什么日子？像看似存在
又不存在的纪念日，猫和老鼠
也来了。

不该因随之而来的，形而
上的直觉，而在大理石的光影中
生长死。

低头不语。突然
喊痛，一种及物的痛，一种
不及物的苦。

持有之处，幻觉，
无尽的，还是一个词：风声——
风声。

2021.11.1

消　失

他起床，找不到鞋子。
他光着脚。
"动物也不穿鞋子的。"
他自言自语。

他用食指在镜子上涂鸦，
感觉身上发痒。
他朝着镜子呵气，呵气——
直到自己消失。

"他去哪儿了？"
——多么安静的晨曦。

2021.11.9

好孩子

六岁的外孙女学轮滑，
她的腿上、手上都是摔倒后
留下的乌青。

昨晚我扶她起来，
她问我："为什么学轮滑的，是我？"
我说，手上、腿上
没有乌青的孩子，不是
好孩子。

2021.11.21

怅然若失

走路上班，或黄昏散步，
习惯走盲道，
我喜欢脚底下那种凹凸不平
的感觉。

如果盲道前方
没有障碍物，我会闭上眼睛，
把自己幻想成
一个盲人。

在这座城市生活了四十多年，
但我从未见过
有盲人手持盲杖走在盲道上——
这让我有些怅然若失，
但我喜欢这样的
怅然若失。

2021.11.21

顺生而为

周末带外孙女去乡下
看兔子。
——两年前的春天，疫情肆虐，
我从花鸟市场买回来
一对小兔，四岁的外孙女
找到了生活的乐趣。
后来兔子越长越大，兔笼太小，
我不得不将这两只兔子
寄养到乡下。
两年过去了，兔的大家庭
已有三十多只。
诗人杨键说，大部分生命皆逆生而行，
我说，兔是顺生而为。

2021.11.22

乐　趣

为给外孙女寻找
乐趣，在五楼的露台上喂养了
几只鸡。

某天黄昏，听见楼下小女孩敲门——
"这鸡是不是你们家的？
它自己走楼梯
下来了。"

开门，那只快生蛋的母鸡，
"咯咯""咯咯"地
叫着进来。

2021.11.23

归 宿

走在路上我不停地哆嗦，
寒潮来了，感觉有一条冷冰冰的
绳索，套在我的
脖子上。

地上落满树叶，它们
很快会被清洁工
扫进垃圾车，我想这不是它们
想要的归宿。

夜晚的
冷风里，有我感知的
离散，恍如
隔世。

2021.11.24

孤 独

午睡时，梦见一条青蛇
缠着我的小腿。
这梦，应该和我夏天在西天目山溪边
见到的青蛇有关——
光影斑驳的水溪，空气微凉弥散。
我和它，在禅源寺的
木鱼声中，经历着
各自的孤独。
——是孤独，让我感受到
世界的存在。

2021.11.29

冬日午后

南太湖畔，在新方兄改建的
旧居，冬日午后的阳光
在茶几、书、兰花、铜钱草上
投下温暖。
两个中年男人喝祁门红茶，
剥开一颗颗花生，追忆逝去的父亲，
沉浸在对时光的无奈，
和爱的依恋中。

用太湖石、竹子、天目松、
苇草建造的庭院，
蓬乱的野菊被黄花照亮。

新方说，池水中的红鲤鱼躲着我们。
我说，这一方水呀，比它们的
自由更沉。

电水壶里的水"咕嘟、咕嘟"地
翻滚着，童声《你鼓舞了我》在我手
机里响起，
一群孩子站着，或坐在草地上——
"当我失落的时候，噢，我的灵魂，
感到多么地疲倦……
直到你的到来，并与我
小坐片刻……"*
南太湖畔，在新方兄改建的旧居，
我和他小坐片刻。

2021.12.10

*《你鼓舞了我》歌词。

120

乌 鸦

用水墨画成的
乌鸦，也以为酷似
真的。

抓着，或看见，
乌鸦穿过无尽之夜，消逝在
它的归途中。

不如这生，不如这死。
——乌鸦的翅膀上
下着雪。

2021.12.18

如果光消逝

光投影在墙上，什么
被扎进钉子？

光投影在树上，
什么飞入鸟巢？

光投影在脸上，什么
藏在风里？

如果光消逝，
答案留在了光里——

2021.12.19

一阵风

是一阵风，在一个生
或死的窟窿里，闪着烛火的
夜晚。

白晃晃的，一条冰裂的运河，
溅上光，连同一群鱼虾
重新获得在场。

像是因为饥饿，直躺着，
屈服于风无常的
命数。

一阵风，一只隐约
可见的蜘蛛，在蛛网上
哆嗦。

2021.12.21

辑五

仅仅是记忆

是我，是我们

是我，缓缓地走出居所。
是我们，在眩晕的目光里
相遇。

是我，为某个节日狂欢。
是我们，在体内找到动物的
快乐。

是我，我挨近我。
是我们，隐秘的，风的
护送者。

是我，我属于我们——
是我们，扮演着自恋的
角色。

"怀疑自己的怀疑，
我看见我们消失。"这是我说给
我们听的。

2021.12.22

夜色的一部分

倦怠的一张脸，以这张脸为夜，
夜色压在谁的眼底？
一盏盏灯，透过夜色
低低地亮着。

平安夜，在医院病区的走廊上，
有许多片刻的光影——
这最后的
弥撒，成为夜色的
一部分。

2021.12.24

小黑暗

这么多的小黑暗，
我曾经的爱都藏在它们里面。
这些带着光的小黑暗，
竟然都还活着。

在黑魆魆的
小山丘上，你的小黑暗
照亮我。

将某些记忆淡忘，就像这些
小黑暗，只剩下
它们的小，小小的树枝
指向你和我。

还是这些风，
抱着我，抱着你，抱着这些小黑暗——
"我在你身上守候，
就像黑夜。"*

2021.12.25

*法国诗人伊夫·博纳富瓦诗句。

寓　意

她让自己重新
躺下，却感觉没有了肉身。
十二月的寓意："她活在自己的
虚无里。"

喘息，或徒然，她预感到
会有这么一天。
——她老了，向着可能的尽头，
她不再害怕。

目光是她天花板上的
蜥蜴，像墙上的一小段裂缝，
谁能忖度它的耐心？
"生死已不再陌生。"

灯光下，她的脸跌进黑夜，
——她渴望，最终把自己变成
风和树叶。
"这对她，已经足够。"

2021.12.27

仅仅是记忆

过早地离开人间，还是到了时候？
一条砂石路的尽头，
虚掩的铁门，将尘世和
墓园分开。

鲜花枯萎，塑料藤凌乱，
黑白，或彩色头像露出贪生的眼神，
是逝者的绝望，还是
生者的无奈？

转过身，或俯下身——
仅仅是记忆，是声音，是意识。
会有那么一天，
生死不再那么怜悯。

2021.12.28

柏树山印象

就在那山坡上空，
一群乌鸦欢叫着，让我兴奋地
抬起头。

就在那山坡上，柏树林
被铁丝网围着，原始的小木屋
是我最幻想的。

就在那通向山坡的草地上，
一堆堆牛羊粪，假如我
有幸踩到。

2022.3.3

午后的风尘

午后，
空气塞得满满的，
而非风尘。

洒水车缓缓驶过。
人行道上，看上去
惨淡的树叶。

应该是上了年纪，
弯着腰，顶着刺耳的旋律
头也不抬。

2022.3.4

三 月

她的脸上涂敷胭脂，
被红润暖和。

她的腿是小桃树，
眼睛是蚕豆花。

孩子已长高，
幸福是她的庭院。

偶尔她望着水中的菖蒲，
猜想自己的暮年。

她是一个什么样的女人，
右手托着下巴。

2022.3.6

冷空气

北方的冷空气来了三天，
行人缩紧身子，
年迈的清洁工穿着橘红色的
马甲。

树叶飘落——
"这会要谁的命？"

也常常提醒自己，别忘记
某一年的
冬天，凌晨，在雨中将一只金毛狗
埋在树下。

2022.3.7

烟散尽后

湖边，芦苇被火点燃。
曾经栉风沐雨的
芦苇，此刻像一群老人——
火松开了他们的
肉体。
烟散尽后，露出了
黑色的骨头。

2022.3.7

郁金香之诗

她的手插在牛仔裤的裤袋里
弯下身。

红，黄，白，紫……
成堆的郁金香，像她原始的野性——
小腿、大腿、臀，不用
再往上看了。

花海藏起她的脸，她
那么香艳。

2022.3.8

活 着

发生脑梗的
那一刻，他被120急救车送进医院。
面瘫，结巴，手脚
不听使唤。

出院后，他不再抽烟、
喝酒，也不能像以前那样开车，
去登山。

在家烧菜，做饭，洗碗，
他像个当家的妇人，
忙碌着。

每天早晨，电动剃须刀
发出的"吱吱"声，证明他
还活着，也被自己
爱着。

2022.3.8

它们只知道

楼下有三只流浪猫，
它们的朋友是一只无家可归的
京巴狗。

银杏树下，它们嬉闹，
在地上打滚，抓痒，打哈欠，
沉浸在自己的
快乐里。

垃圾箱里，有一只
被它们掏烂的塑料袋，一小堆
鱼骨。

"俄罗斯在乌克兰打仗，
它们不会知道。"
——它们只知道，须小心地
从嘴里吐出一根根
鱼刺。

2022.3.9

她

当她恢复意识时，她会
说什么？

牙齿，
牙齿都没有了，她还能咬痛
这个世界？

"我宁愿被怀孕一百万次。"*
但她太虚弱了。

她再也听不到呻吟，
她重新躺下。

2022.3.9

*美国诗人威廉·卡洛斯·威廉斯诗
句，李晖译。

刷牙记

早晨，听到窗外的
野猫叫，他停下了刷牙的手。
满嘴带血丝的牙膏泡沫
从他的嘴角渗出。

牙周炎又犯了。
他朝镜子里的人瞅了一眼，
那人张开嘴伸出带泡沫的舌尖
舔一下上嘴唇，算是
回应他。

顺着浴室的窗
望出去，他看见河对岸的棚户区，
在晨曦中已是一片
空地。

2022.3.11

在雨中

他穿着雨衣走在盘山公路上，
登山杖发出的"哒哒"声回响在山谷。
但现在，他不愿想这个世界
正在发生什么。

被雨水冲刷的山坡，杂草的
根须露了出来，
再向上望去，灌木的树根连同沙砾
泛起细小的涟漪。
"何必在意看到什么？"
他举起登山杖，指向
更高处——

一辆大货车从他身边缓缓驶过，
刺鼻的尾气，夹带着雨雾
带给他一丝
暖意。

2022.3.12

142

又犯了

他理发，喜欢闭上眼睛
听电动推剪发出的"吱吱"声，
这声音，让他失聪多年的
耳朵，有了感应。

花白的头发像尘埃一样落在他身上。
但他不曾觉得
失落，他相信头发还会
长出来。

当90后理发师一边给他刮脸，
一边谈起俄乌战况，他睁开双眼——
在镜子里探视自己的脸，
某种强迫性记忆
让他的偏执性头痛病
又犯了。

2022.3.13

π

3月14日，想起π，
3.14159……水，酒，即时之物，
能解干渴。

屋檐下的飞燕，
小小之生灵，之π，越飞越远，
几乎看不见它们。

樱花三月，无数不眠的花朵
π在枝头——
知觉，不带任何负载。

2022.3.14

祈 祷

天空边际，
远方尽头。

战机来了，
导弹落下来。

早开的郁金香，
早开早谢。

教堂的橄榄枝，
落在废墟上。

阿司匹林，
一片，两片，三片……

2022.3.14

爱

她说爱我，胜过爱自己，
如果不是她给了
我爱，她又怎能窃取我的爱——
但我的爱，不只是对她。

我说爱她，胜过
爱自己，如果不是我给了她爱，
我又怎能剥夺她的爱——
她的爱，只对我。

2022.3.15

146

害 怕

口罩，身份证，
行程码和健康码一起
绿。

还是害怕——
比如黄码、红码，比如
无症状。

在父亲的
房间里，找不到他咳嗽的
身影。

2022.3.15

口罩的另一种用途

戴着口罩出门，
他失聪的耳朵有了
牵挂。

不为人知的
是他戴着口罩睡觉——
将口罩替代
眼罩。

2022.3.16

148

行道树

到了冬至，沿路的行道树
被拦腰锯断，光秃秃的树干被灰色的
劣质毛毯包裹，
树干的颈部用塑料绳扎紧——
远远望去，它们
东倒西歪，像被勒紧
脖子的雕塑。

不明白，
这些树为什么要种在这座城市？
不明白，为什么
要用这种方式抵御严寒？

天空低垂，一群麻雀在树干上
窃窃私语，不知道它们
在说些什么？
——一辆洒水车伴随着音乐
缓缓驶来。

2022.3.17

迷 失

——给芙洛戈·法罗赫扎德*

迷失。
她犯了迷失之罪。

白纸的缄默里，再也找不到
她的踪迹。

潮湿，幽暗，一张忧郁的脸，
一颗失常的心。

哦，曾经多么狂热，
生命，之爱，之情欲……

此刻，凌晨五时，
又听见窗外野猫的叫声——

她，芙洛戈·法罗赫扎德，
我的诗人，姐姐。

2022.3.17

*伊朗女诗人，导演，1935年出生，
1967年2月死于车祸。

他

他是骑手，遗憾的是
他没有马。

春天来了，
情欲唤醒他的肉体。

强壮的四肢，像树枝，
有着结实的粗糙。

天生的野性，极致的本能，
是他，又不是他。

无论他是谁，或者
谁是他——

都能让迷失的
游魂，回到他身上。

2022.3.18

朗 诵

她的右手不停地抖动，
小腿裸露着——
她的男人挺着啤酒肚，蹒跚着
走上台阶。

我，一个着迷于写诗的画家，
把他们画在
寒风中，雪花纷纷落在
他们身上。

或将他们画在三月里，
让他们摆脱寒冷。
樱花盛开的树下，风朗诵这首诗
给他们听。

2022.3.18

瞬 间

楼梯口，
一只猫突然从她的脚边蹿出，
吓得她发出一声尖叫。
心有余悸的她回头看见，那只猫
远远地瞧着她。

"它就是这几天凌晨
叫春的猫吗？"她的小世界
被一只猫闯入——
一个孤身女人，是猫暴露了
她的行踪和胆怯。

多雨的三月，当她走出小区的道口，
一辆公交车疾驶而过。
她穿过马路收起雨伞的
瞬间，她
捋了捋散乱的刘海。

2022.3.19

153

生　日

在我五十九岁的生日，
女儿送我登山鞋，
妻子给我买生日蛋糕，
外孙女吻我脸，给我戴上寿星帽。
但我最想见的是父亲——
他八十五岁的生日，比我
早八天。

2022.3.19

醒 来

早晨，他听见鸟鸣
就会醒来。
他习惯咬咬牙齿，伸出舌尖
舔一舔干涩的嘴唇。

他不想开灯，也不愿拉开窗帘，
他喜欢仍然躺在黑暗里
享受着这份宁静——
"我不关心人类，只想自己。"*
无数个小黑暗落在他身上，
他感觉自己的意志
贴着小骨头。

他，就是我，
听着窗外的鸟鸣——

2022.3.21

*仿海子诗句。

世界怎么了

云澜湾景区，数万枝娇艳的郁金香
没人去欣赏。

3月21日，东方航空公司一架波音737
客机
从昆明飞往广州途经广西梧州上空
失联
坠毁
123名旅客和9名机组人员
生死未卜
遇难。

《红色手推车》*181页：

世界

将重组自己——排

除美利坚

和俄罗斯而飞机

将很快

靠原子能运行，藐视

地心引力。

疫情第三年。

空难。

战争。

2022.3.22

*美国诗人威廉·卡洛斯·威廉斯诗
集，李晖译。

她，就是他

他和她，面对面
站在雪地上，天空像碟子
倒扣着。

他的目光是白的，
她穿着羽绒服，抬起了手臂，
她想逃离——

脱掉手套，他拉起
她的手，她身上的雪开始
融化。

麻雀在光秃秃的
树枝上跳着，直到她和他
躺在雪地上。

她急切，难忍。
给他犹豫，随他停顿，她属于他。
——她，就是他。

2022.3.22

158

一个多雨的春天

你是真的痛苦了还是
假装不痛苦？天花板上的蜥蜴
想替你忍受。

一个多雨的春天，
一张失血的脸，欲望，怜悯，虚无，
低处的苇草。

多么卑微。
有时候你说，像石头一样
沉睡，多么幸运。

洗过脸，你将死去的
蜥蜴装进陶罐。
——痛苦的感觉才得以完成。

2022.3.26

夜晚的神经

临睡前他靠在床头，感觉背上
又发痒了——
"今晚的中药吃了吗？"
他反复问自己。

窗外下起了雨夹雪，
但他不知道。

他没脱掉外套，就倒在床头
睡着了。
他嘴角松弛，淌着口水，
呓语不断。

夜晚的神经，在他的手指上
间歇性地跳着。

2022.3.31

辑六

尼洋河的夜晚

去拉萨

十年了，
感觉自己一直在去拉萨的路上——
成都。雅安。泸定。康定。折多山。
新都桥。理塘。巴塘。芒康。
怒江七十二道拐。八宿。米堆冰川。
波密。色季拉山口。林芝……

3月18日，一辆奔驰越野车行驶在
318国道川藏线上。
副驾驶员的座位
空着，这是我留给父亲的
座位。

翻山越岭，司机小心地
踩刹车，

感觉草原，牛羊，经幡，雪山，
天上的白云，也跟着我
一路颠簸。

想到这是去拉萨，
我透过车窗
望了望远处的山脉，我父亲的
命脉，和我茫然的面影
连绵在一起。

2021.3.18

去金川，摘一朵辛丑年的梨花

三月梨花，白里
透白，怎么会有那么
白。

已经不能再白了——
削皮的雪梨也没有这么
白啊。

那应该是云间的
雅拉雪山，那种白，顺着月光，
寂静，孤独。

这应该是白云，白得
清澈见蓝，
见心。

在金川，摘一朵辛丑年的
梨花，把庚子年的
忧伤忘掉。

2021.3.19

甲居藏寨

越野车停在了甲居藏寨，
空气好香，是花香。

天空寥廓，山势迤逦连绵，
藏寨被河谷埋得深——

金川河清澈，灵气从低处来，
炊烟往高处走……

天还没有完全黑，
月亮早早地挂在卡帕玛群峰。

提着煤油灯的藏民跟着我，
像跟我回家的父亲。

2021.3.20

166

海螺沟

银灰色的山谷，是沧海，
千年的苍云，是缄默的冰川。

但这是我生命中的一个瞬间，
一种永远的宿命——

它被我点燃，燃烧人间的悲悯，
它被我翻越，闪电一般。

2021.3.21

磨西之夜

清冷的小教堂，我找不到上帝，
但在旧木窗的
恍惚里，我被月光照见。

磨西之夜，
我在红景天的药丸里醒来，
直到天空渐渐发亮。

夜晚有着另一张脸，
光是风的初始，
——安静的街道，弥生着悲悯。

2021.3.21

木格措

写一首诗给木格措，七色海
是剔透的诗眼。流年回到峡谷上游，
溪水清洗褶皱的容颜。
高于湖，低于鹰，
心存天地，群山逶迤。
极致的美，是归隐的松萝，
雨后空静的红海草原。

2021.3.22

康 定

被大渡河引领，康定的大街上
似乎也有哗哗的水声。

藏刀融化夜色，耳边是
变味的情歌。

风，越刮越大。
纷乱，掩饰，淡定，廓然——

似曾相识的城市，藏着
隐喻的灯影。

2021.3.23

折多山口

翻越折多山，海拔那么高。
山峦，草原，经幡，小溪，藏寨——
随车缓缓停下。
我闻到了牛羊粪混合着
桑烟的气味。

想起十年前，我也曾来到这里，
十年，母亲撒手走了，
父亲也走了，
时间陪着我走了十年，十年前许下的
心愿，散落在路边的
草丛里。

还有谁和我一起徘徊在折多山口？
跟随我的还有一群乌鸦，
它们的欲望，也是我的欲望——
觅食，寻爱，将悲悯
晾晒在风里。

天上除了白云，还有贡嘎雪山，
风之刃，细细地划在我脸上。
牛羊交给远处的草场，
天路，盘旋在
云间。

2021.3.23

塔公寺

打开天窗：蓝天，白云，经幡，
太阳被一群乌鸦咬伤。

恍如隔世的金塔，静静的是佛——
我体内的钟被佛手拧紧。

如何从被反锁的尘世里逃离？
心无邪念，落地生根。

——格桑花谢了，野菊花
也谢了。

内心之辽阔，
来自我对人间的疏朗。

2021.3.23

亚丁村

天气好冷，我们赶了
多少路，终于看见牛郎神山，
贡嘎银河，看见朝圣的
藏族老人。

旅途把我们熬成了信徒，
冲谷寺前经幡飘舞，
我们合影，整整衣领，让表情
更虔诚一些。

总有一些爱是自愿的——
比如手牵手走在
上山的栈道上，将自己的
手杖，递给所爱的人。

五色海边，遥望夏诺多吉雪山，
洛绒牛场，看牦牛吃草。
返程途中遇见的一群岩羊，或站在
悬崖上，或藏在银柳丛中。

起风了，飞雪从央迈勇雪山
飘下来，
一群乌鸦，在我们眼里已不再是
乌鸦。

回头望，六小时，两万多步——
带去的巧克力，被冻得
更脆了，含在嘴里
更甜了。

2021.3.24

林芝桃花

说是漫山遍野，指的是林芝桃花。
桃花把林芝变成了花海，
有多少棵桃树，就有多少个人
在去林芝的路上。

桃花连天，看桃花的人
也需要好运，
不管等待多久，十年，二十年……
好运就是用来等待的。

雪花在林芝的上空打转——
如果没有了桃花，
漫山遍野的，是一棵棵
挨冻的桃树。

父亲不知道我去林芝，也不知道
我在一棵百年桃树下想他——
父亲站在我身边，冰冷的桃花
落在脸上，也落在我们
花白的头发上。

2021.3.25

尼洋河的夜晚

尼洋河的夜晚有些冷，
没有月亮的尼洋河，孤独的人
都会来到这里
跟神说话。

我也来了，忘了套上围脖，
忘了披一件风衣。

不知道夜幕笼罩下的杨柳、桃树，
冷水里的叶须鱼、裸裂尻，
草甸上的藏牛羊，放牧回家的
藏人，和我一样孤独？

划亮一根火柴，照见自己的脸，
然后将火柴棍丢进河里。
风，刺骨地冷——
更深的孤独，再次
袭来。

跟着河水走，我看见了神，
但没有跟神说话。

2021.3.26

在拉萨

你说，十年都在川藏线上跑，
拉萨是你第二故乡。
十年实在是太快了，就像你举起双手的
瞬间——
十年啊，就是十根手指。

走在拉萨八廓街的街头，太阳的
光影徘徊在我们四周。
我的墨镜突然掉在地上——
天空亮了，布达拉宫
亮了，大昭寺
亮了，转经的僧人和信徒
也跟着亮了。
——哦，谁也看得清谁了。

定一定神，这才是真正的人间，
我们跟着阳光走，
我把墨镜扔向拉萨河，
天空又亮了一次。

是的，我想告诉你——
再过十年，二十年，三十年……
拉萨还是原来的拉萨，我们渐渐老去。
但我们是一群以梦为马的人，
一群以神为邻的人，感应
天地的神谕。

2021.3.27

纳木措

熙熙攘攘的一群游人，或站着，
或蹲下，踩冰，玩雪。

天空灰蒙蒙，雪山层层叠叠，
留下一个个缺口——

抓一把雪往脸上擦，
人间就是一场感知冷暖的遇见。

头痛的海拔，风好大，
身子这么沉，仿佛沉到了湖底。

世界真的有那么白吗？
低头，黑色脚印，冻得硬邦邦的牦牛粪。

三月，冰雪连天的纳木措，
一个无限拉长的白天。

2021.3.28

羊卓雍措

说它是翡翠，应该是从一万米的
高空往下看——

对岸的山峦，连同藏寨，
倒映在湖光里。

骑在牦牛背上，挥舞哈达；
红嘴鸥在头顶盘旋。

三月的羊卓雍措，
除了绿，什么都没有。

天空变暗了，太阳意外地
把它的光收了起来。

2021.3.29

布达拉宫

神域。

这里的月亮才像女神，
早起的人顶礼膜拜，朝圣宫殿，
月光披在我身上。

拄着手杖，我没有手持经轮
转山，我渐渐忘了自己
是谁。

脱帽。摘下墨镜。被僧人引领——
圣城豁亮，佛音浩大，
满心的爱，穿过红黄回廊。

佛像，一尊挨着一尊，
望不到尽头，它们和我一样
做着长长的梦。

遇见活佛，抬头看见"福田妙果"。
登上金顶，光芒鼓起——
我找到生命的出口。

神佑。

2021.3.30

大昭寺

一千四百年，拉萨多少个日月？
地面光滑得像一面
镜子，照见多少个叩拜的
灵魂？

殿堂昏暗，佛音低唱，
烛火照在僧人古铜色的脸上，
绛红的僧衣披着佛光，
慈悲的诵经声开启俗者的心智。

一盏盏酥油灯，这小小的
烛火，消蚀的
眼缝。

父亲死后，被他爱过的东西，
都被我
珍藏在这里。

2021.3.30

辑七

浮 生

浮　生

　　其生若浮，其死若休。

——《庄子·刻意》

1

带着诡异的笑，她点燃一根烟，
她的眼睛好大——
我走丢了鞋，她脱了鞋
光着脚带我去寻找。

她将自己缩小到萤火虫大小，
我把她抓在手里。
她是天使，神色迟疑的黄昏，
我带她去儿童乐园。

她是风，我是空气，我尽我
所能助她燃烧。
"风中闯出一只受伤的猫。"
这是传奇，也是神话。

梦见她不幸扭伤了脚，而她的脚
隐去了曾走过的路，
一股突来的热气涌在她脸上，
九月芜菜生长我的慈悲。

2

我曾在她熟睡的时候
吻过她，还剪掉她的一绺头发，
但我不曾向她
透露。

她嫁给我，我许下心愿白头偕老，
相互宽衣解带，我的舌尖
放在她肉体的葡萄上，
而她的手缓缓滑过我的颈背。

"床，是名词；躺在床上，是动词。"
为性事着魔，在她深V的
内衣里，她沦为呻吟，
"我们是一样的。"我为之殉情。

她怀里有多少隐藏的花事？
"是否为了爱，才爱上我？"
她脱掉蕾丝长裙，而我脱掉了
夜晚。

3

她就在那里，神情怪异，偏头痛，
虚荣，狂放，我行我素。
我难以释怀她间歇性的失忆，
忘记自己还没刷牙洗脸，刮胡子。

水墨画的江南西塘，她盘腿
而坐，为我缝补河流。
天还是那么热，我为她打开窗，
递给她一杯苏州碧螺春。

凝视镜子里的月亮，她彩绘的
指甲，宛如一枚枚贝壳。
"野猫会不会在这里出没？
谁看见她脸上的惊恐？"

目送她离去，她是我原来的——
我曾对她的耳朵哈气，
用指甲小心翼翼地搔抓她
骨感的背。

4

习惯穿着圆领衫，我牵着金毛狗
从后门出去散步。
一路上我吹着口哨，渴望她
抱着吉娃娃向我走来，

我幻想她住在黎明村的教堂，
这教堂落满白鸽——
但无论白天还是黑夜，她都裹着
毛毯，寂寞地坐在床上。

某个夜晚，我终于找到她，
她的眼里泛着泪光。
她饿了，我给她巧克力，草莓果冻，
给她倒一杯红酒放松心情。

床单是她身下的一幅油画，
她怀里的绒毛狗缱绻她的触觉、
嗅觉和味觉，而我在床上
打盹，磨牙，淌口水。

5

雨后，她的欲望像河水再次
漫上来，而我的欲望
像一尾被渔网追赶的太湖白鱼，
脸颊长出鳃，手脚长出鳍。

她是我的某一次孤独，哭泣，
忏悔，激情，我和她
像同一条蚯蚓，在彼此血脉里
不安地蠕动：收缩，屈伸。

她藏在我心里，我忘记了
还会遇见她——
我和她的每一次相遇，仿佛是
第一次，也是最后一次。

这么多年，她和我互为彼此，
我多次听到她对吉娃娃的
低语："当我和世界不一样，就让我
和世界不一样。"

6

我无法确定以后的生活，她也是，
"人，就像一块活性炭，
吸收并消化周围的雾霾——"
空气迟疑了，风、水也迟疑了。

她穿着厚厚的冬衣，我也是，
我和她要去同一个地方——
向阳的山坡上，残破经幡被风吹着，
天高云淡，神啊那么高远。

"每个人的记忆里都藏着一个她。"
我抱紧她，赐她玉兰之名，
枝叶婆娑，花朵开在她胸前，
——她抱紧我。

但我不能告诉她我所有的秘密，
我的人生还在继续。
我靠她活着，为她而活，
她带走我的记忆、泪水、伤痛。

7

昼夜被光线切割成各种形状，
暮云飞渡，她打翻天空的调色板，
我穿越尘世苍茫，
一如她额头上忽明忽暗的光影。

鸟醒来，树也跟着醒来，
在通往教堂的路上，我经历了
人生最安然的时刻——
请她原谅，原谅我如此爱她。

一直幻想有这样的场景，
和她并肩走在沙滩上，明晃晃的
沙子，湛蓝蓝的海水，
随同脚印，潮水般地消失。

悲悯大海，给我活下去的勇气，
把沙滩踩成沙漠，
期待记忆里的一次迁徙，
久别重逢，像春天再次降临。

8

阳光，被她无名指上的戒指折射——
我在阳光里洗手，洗出了
满手黑暗。我失聪多年的耳朵，
盗听到树林里持续的蝉鸣。

感谢她，和她拥抱，我请她去
西塘的酒吧，但她只愿意
跟我去乡下，迷路了就往回走，
我和她一起在石桥上傻笑。

不设防的黎明村，像一棵老桑树，
被时间修剪得伤痕累累，
但雨中的桑枝茂盛，
在她身上，我如雨水丢掉伪装。

摘桑葚，她的嘴唇有了紫色，
回家我用桑叶泡茶，
心情渐渐变绿——
卸下风，我和她自在地生长。

9

我参加她一场假死的游戏，
"一个活着的人参加自己的葬礼。"
虽有些荒诞，但格外让她感动，
混沌的世界被泪水擦亮。

她知道，只有在时间的喘息中，
体内的那条蛇才穿肠而过。
看着雨水把街道淹没，
仿佛把死亡的通道全部堵住。

"人终有一死，给自己挖一个
墓，然后将自己埋葬。"
"自己是自己的凶手。"她说，
"我们都是死的猎物。"我说。

曾经活过，死就在那里等待，
时间齿轮，生命钟表
一次次在病床得到校准，
但谁都无法坦然地面对死亡。

10

她渴望过简朴的生活，
"人生就像一块冰。"她喃喃细语。
当悲悯再一次降临，
我取出蜡烛，她把蜡烛点亮。

弱冠之年，我常常忘记自己是谁，
类似的错愕也让她怀疑自己。
人生用了太多虚词，像落在河里的
树叶，消失得无影无踪。

草长莺飞，耕地，种草，植树，
弯腰，承接大地的恩赐——
泥土，为我和她的再次重逢，
小心翼翼地做着准备。

浮生，我把这首诗写在纸上，
将纸撕成碎片，用火柴
将碎纸片点燃——
——与自己相遇，她就是我。

2019.10.26—11.13

人性本真的七个瞬间

　　一个人走在白水塘临河公园的绿道上，芦花在风中晃动，泛黄的银杏叶从树上落下来。

　　想起在两个月前，也是一个人走在这里，看到曾经十年未遇的狂风暴雨夹着冰雹，将银杏树连根拔起，我写下了这样的诗句：

　　　　碗口粗的银杏树倒伏在绿道上，
　　　　树上的青果像冰雹那么大。

草地上散落着几颗青果，
"但它们不会像冰雹那样融化。"

我看见的天空，
是一棵银杏树的天空。

在我看来，诗人应该在日常生活中寻找情感资源，构建自己的情感空间，从中传达出独特的生命感悟，让情思的触须渐渐接近智性的边缘，让生命褶皱的点点细节，道出诗人的种种经历和对生命的悲悯，在朴素的词语和日常物事中，建立亲和的诗性关联。

经常有人跟我谈起写诗和做人的关系。

按照《易经》的顺性命之理，顺命的基础在于顺性，人不能做违背人性的事，人性的事就是真诚，我们常说的"性格决定命运"就是这个道理。在我看来，写诗和做人是一样的，诗人要想顺命顺性，其人性必须向善，向善即是天命。一个具有良善情怀和道德良知的诗人，才能写出顺命顺性的诗歌。很难想象，一个诗人如违背人性，失去了一颗真诚之心，会写出什么样的诗歌？

如何让这个世界认可和接纳诗人，是我们需要思考的问题。现在的某些诗人，以痛苦写痛苦，以粗俗写阴暗，以无底线写情欲，粗俗之风伤害着诗歌精神。

现在诗人最迫切的使命，不是去谈论诗歌的所谓作用或意义，而是要让诗人与谦卑、真诚和人性接近。诗人应该用自己对人生的理解，以宿命和力量去关心那些最深地浸入灵魂的东西，以及生命的本质内核。

前几天因有要事不得不去了上海，回到嘉善就宅居在家，这让我有时间读杨争光的小说《我的岁月静好》。杨争光在与《济南时报》记者钱欢青的一篇访谈中说道："在并不静好甚至疯魔的岁月里，却能拥有静好的岁月，应该有一些超常的能耐吧？是些什么样的能耐呢？甚至，有没有一种可称之为'岁月静好型'的人格呢？"读完杨争光的小说，感觉小说的内容正和题目相反。我觉得现实中很少有这样超常能耐的人，也更难找到"岁月静好型"人格的人，至少我没有看到，也没有找到。

在我看来，一个有担当的诗人和一个有责任感的小说家是一样的，都企图想用"岁月静好"抵抗"岁月不好"，最后却成了一种带自我欺骗式的逃避和掩盖。"不好"依然坚硬存在，这就是坚硬的现实。小说家很难有能耐在"泥沼"里找到趣味并享受趣味，诗人也很难有能耐在黑暗里以黑暗为光，因为在现实生活中，活着的能耐是极其有限的。正如杰出的作家和思想家阿尔贝·加缪说的："重要的不是治愈，而是带着病痛活下去。"

风抛下一张网，又像猫抓挠着这尘世。

诗人鲍理斯·帕斯捷尔纳克曾经说过："人不是活一辈子，不是活几年几月几天，而是活那么几个瞬间。"也就是在这几个瞬间，它们是诗人生活的本身：生命中的欢爱、惊恐、沮丧与离别，那些被生活窒息的梦想。

面对现实的苦闷和鸿沟，不仅体现出诗人的人道主义情怀，还有属于诗人的纯粹与敏感，这正是诗人的人性本真。但残酷的现实是，诗人所有的这些努力，都永远改变不了21世纪压抑的生活：困惑、卑怯、焦虑、迷惘，甚至愤怒。

仿佛只有沉默我才能听见风声，仿佛只有在风声中我才能绕过时间的悲悯。

电脑静默已久。

不小心触碰了鼠标，电脑屏保上出现了一头白犀牛，且有了以下两段文字：

　　在这个野生动物保护区，长颈鹿、斑马、羚羊和黑斑羚混居在一起，但这里真正的明星……

　　白犀牛并不是白色的，而是更偏向浅灰

色，它们实际上可能是因其嘴部而得名。

在我看来，诗人就是野生动物保护区里混居在一起的长颈鹿、斑马、羚羊和黑斑羚，甚至是白犀牛。

这也见证了诗人树才说的："诗歌的灵性存在于语言裂开的瞬间。"在这些瞬间，没有什么语言可守口如瓶。

而对我而言，阅读和写作，就像是在我的精神生活中找到了食粮和拐杖。

10月，终于过去了。

在经历了三年多的疫情之后，感觉人世间最珍贵的东西，不是这，也不是那，而是时间。生命只是时间的显现，而最能显现时间的，是人的自由。自由对一个诗人来说，就是要有悲悯的情怀，坚持本真，保留本色，一颗谦卑之心才不会被掏空。

当明白我们活着的每一天、每时每刻都在说"再见"的时候，就明白了什么需要坚持，什么需要保留，什么需要放弃。

一粒尘埃，无边无际——

父亲离开我已经两年多了，但我每天仍然会在凌晨四五点钟醒来，那是因为父亲还活着的时候，我每天都会在这个时间去他的卧室看他，然后去厨房给他准备早餐，而现在父亲不在了，我会在叽叽喳喳的鸟声中思念他——

> 白露为霜，知了不知去向，
> 父亲在咳嗽中睡去。

> 月光消失的窗口，
> 我为父亲轻轻盖好被子。

有谁不是一生都走在离别的路上，走着走着就不见了身影，走着走着就连自己的身影也不见了。

2023年3月，我将退休，这本诗集也会顺利出版。"人在60岁以后才会产生一点点思想。"想起诗人树才的感慨，我想，到了退休，我真正的活法才开始。

2022年11月6日
浙江嘉善

图书在版编目（CIP）数据

风遗落的谦卑 / 张敏华著. -- 北京：作家出版社，
2023.6

ISBN 978-7-5212-2202-9

Ⅰ.① 风… Ⅱ.① 张… Ⅲ.① 诗集 - 中国 - 当代
Ⅳ.① I227

中国国家版本馆 CIP 数据核字（2023）第 037489 号

风遗落的谦卑

作 者：	张敏华
特约策划：	唐朝晖
责任编辑：	李 雯
特约编辑：	赵文文
装帧设计：	唐 玄
出版发行：	作家出版社有限公司
社 址：	北京农展馆南里10号　　邮编：100125
电话传真：	86-10-65067186（发行中心及邮购部）
	86-10-65004079（总编室）
E - m a i l ：	zuojia@zuojia.net.cn
http:// www.zuojiachubanshe.com	
印 刷：	北京盛通印刷股份有限公司
成品尺寸：	130×185
字 数：	132千
印 张：	7.25
版 次：	2023年6月第1版
印 次：	2023年6月第1次印刷
ISBN 978-7-5212-2202-9	
定 价：	69.80元